LE PETIT

ETTEILLA

QUATRE DAMES RÉUNIES
GRANDS POURPARLERS

Une bonne femme

Une femme brune

Une femme blonde

Une femme veuve

QUATRE DAMES RENVERSÉS
CANCANS, MÉDISANCE.

LE PETIT
ETTEILLA

ART DE TIRER LES CARTES

SUIVANT

LES EXPLICATIONS DES PLUS CÉLÈBRES CARTOMANCIENS:

NOUVELLE ÉDITION

Mise à la portée des gens du monde

PAR

FLAMAND

PRIX : **1 fr. 25** c.

Le roi de carreau, signe de mariage.

PARIS

CHEZ LES MARCHANDS DE NOUVEAUTÉS

INTRODUCTION

Tout le monde, aujourd'hui, reconnaît que la science de la cartomancie est une de ces amusettes auxquelles on ne se livre qu'à titre de passe-temps ; mais personne n'oserait soutenir que l'on pût y trouver autre chose, car ce serait une immense erreur ou une fourberie.

Ce n'est donc que dans un but de récréation que l'on doit faire usage de ce petit traité de cartomancie, et nous sommes certain que toutes les personnes qui l'auront employé reconnaîtront qu'il ne faut aucunement s'en occuper dans un autre but.

Disons-le, se faire tirer les cartes, et y ajouter foi, c'est un moyen de se donner des préoccupations inutiles ; se divertir au moyen des cartes n'est

donc tolérable qu'à la condition que
l'on ne cherchera à faire des réussites
que pour en rire; dans ce cas, ce petit
livre atteindra son but; il arrivera tout
aussi bien que son aîné, LE GRAND
ETTEILLA [1], à un très-grand succès,
et les personnes qui l'auront consulté
sauront facilement à quoi s'en tenir
relativement à ces amusettes *de cartomancie, chiromancie, clef des songes,*
toutes fort récréatives, mais contesta-
blement véridiques.

1. Voir l'annonce dudit *Grand Etteilla*, p. 4.

ART

DE

TIRER LES CARTES

—

MÉTHODE DU SAVANT PROFESSEUR
ETTEILLA

Vous prenez un jeu de piquet, trente-deux cartes auxquelles vous ajoutez une carte blanche, ce qui se fait en effaçant un as quelconque d'un autre jeu ; cette carte représente le consultant.

Commencez par écrire les noms et la valeur de vos cartes, comme je vais vous le désigner, c'est-à-dire tels que le premier inventeur de la cartomancie nous l'apprend dans un très-ancien manuscrit dont je suis possesseur. Que la demi-science ne se récrie point sur l'expression *très-ancien* ; car j'ai l'avantage de lui dire que le tirage de cartes ne date pas de l'invention des cartes, mais du jeu des trente-trois bâtons d'*Alpha*, nom d'un Grec réfugié en Espagne, et qui prédisait l'avenir.

· Sur la carte blanche, vous écrivez *Etteilla*, ou vous ne l'écrivez pas ; mais vous serez toujours représenté par cette carte numérotée 1.·

Nous donnons ci-après la signification sommaire de chacune des cartes : vous aurez eu le soin de marquer sur chacune le haut et le bas, afin d'être assuré que cette carte vient droite, ou renversée ; pour cela vous vous procurerez un jeu de cartes à une seule tête, et vous marquerez le haut et le bas sur l'as, le huit, le neuf; sans cette précaution, il vous serait impossible de reconnaître si la carte vient droite ou autrement.

SIGNIFICATION

DE CHACUNE DES CARTES PRISE SÉPARÉMENT

DROITE OU RENVERSÉE
D'APRÈS ETTEILLA.

—

LES CARREAUX

Roi de carreau signifie homme.

La Dame. — Une bonne femme.

Le Valet. — Un militaire; *renversé,* un domestique.

L'As. — Lettres ou nouvelles; *renversé,* c'est un billet.

Le Dix. — Or; *renversé,* trahison.

Le Neuf. — Retard; *renversé,* encore trahison.

Le Huit. — Campagne; *renversé,* chagrin.

Le Sept. — Caquets; *renversé,* naissance.

LES CŒURS

Roi de cœur. — Un homme blond; *renversé,* châtain-blond.

La Dame. — Une femme blonde ; *renversée*, châtain-blond.

Le Valet. — Un garçon blond ; *renversé*, châtain-blond.

L'As. — Gain ; *renversé*, présent.

Le Dix. — La ville où l'on est ; *renversé*, héritage.

Le Neuf. — Victoire ; *renversé*, ennui.

Le Huit. — Une blonde ; *renversé*, châtain-blond.

Le Sept. — La pensée ; *renversé*, désirs.

LES PIQUES

Le Roi. — Homme de robe ; *renversé*, homme veuf.

La Dame. — Femme veuve ; *renversée*, femme du monde.

Le Valet. — Envoyé ; *renversé*, un curieux.

L'As. — Bagatelle en amour ; *renversé*, postérité.

Le Dix. — Pleurs ; *renversé*, perte.

Le Neuf. — Saturne ; *renversé*, deuil.

Le Huit. — Maladie ; *renversé*, reli-
gieuse.

Le Sept. — Espérance ; *renversé*,
amitié.

LES TRÈFLES

Le Roi. — Un homme brun ; *renversé*, châtain-brun.

La Dame. — Une femme brune ;
renversée, châtain-brun.

Le Valet. — Garçon brun ; *renversé*,
châtain-brun.

L'As. — Beaucoup d'argent ; *renversé*, noblesse.

Le Dix. — La maison ; *renversé*,
futur.

Le Neuf. — Un présent quelconque ;
renversé, présent d'argent.

Le Huit. — Une fille brune ; *renversé*, châtain-brun.

Le Sept. — Argent ; *renversé*, embarras.

SIGNIFICATION DES CARTES

lorsqu'il s'en rencontre plusieurs d'égale valeur, comme 2, 3 ou 4 rois; 2, 3 ou 4 dames, etc., etc.

4 ROIS signifient Grand honneur.

3 ROIS — Consultation.

2 ROIS — Petit conseil.

Et lorsqu'ils sont renversés :

4 ROIS signifient Célérité.

3 ROIS — Commerce.

2 ROIS — Projets.

4 DAMES sign. Grands pourparlers.

3 DAMES — Tromperie de femme.

2 DAMES — Amies.

Et lorsqu'elles sont renversées :

4 DAMES signifient Médisance.

3 DAMES — Gourmandise.

2 DAMES — Ouvrier, Ouvrage.

4 VALETS signifient Maladie.

3 VALETS — Dispute.

2 VALETS — Inquiétude.

Et lorsqu'ils sont renversés :

4 VALETS — signifient Privation.

3 VALETS — Paresse.

2 VALETS — Société.

4 As signifient Loterie.

3 As — Petite réussite.

2 As — Ennemis.

Et lorsqu'ils sont renversés :

4 As signifient Déshonneur.

3 As — Libertinage.

2 As — Ennemis.

4 DIX signifient Repris de justice.

3 DIX — Nouvel état.

2 DIX — Changement.

Et lorsqu'ils sont renversés :

4 DIX signifient Événements.

3 DIX — Manque.

2 DIX — Attente.

4 NEUF signifient Bon citoyen.

3 NEUF — Grande réussite.

2 NEUF — Petit argent.

Et lorsqu'ils sont renversés :

4 NEUF signifient Usure.
3 NEUF — Imprudence.
2 NEUF — Profit.

4 HUIT signifient Revers.
3 HUIT — Mariage.
2 HUIT — Nouvelle connaissance.

Et lorsqu'ils sont renversés :

4 HUIT signifient Erreur.
3 HUIT — Spectacle.
2 HUIT — Traverse.

4 SEPT signifient Intrigues.
3 SEPT — Infirmités.
2 SEPT — Petites nouvelles.

Et lorsqu'ils sont renversés :

4 SEPT signifient Mauvais citoyen.
3 SEPT — Joie.
2 SEPT — Fille unique.

Voyez ce qui est dit sur cette Carté,
à la page ci-après.

N° 1
ETTEILLA
ou le
Questionnant
ou
CONSULTANT

CONSULTANT
ou
Questionnant
ou le
ETTEILLA
N° 1

Voyez ce qui est dit sur cette Carté,
à la page ci-après.

MÉTHODE

—

Prenez un jeu de piquet auquel vous ajouterez une carte blanche qui représente le consultant ou la consultante. Lorsque cette carte blanche, qui porte toujours le n° 1, ne vient pas dans le premier coup qui est toujours de 12, ou, ce qui est le même, si elle vient inverse, lorsque le travail est pour un homme, cela donne pour avis que l'on manque d'ordre dans sa conduite ou dans ses affaires.

Mais ce 1, venu inverse ou renversé, représente la femme qui intéresse le plus le consultant. Or, cette femme venue dans le coup, cela annonce qu'elle est plus attentive à ce qui intéresse le consultant.

Il y a une science des nombres,

dans l'art de lire les cartes, que les tireurs de cartes n'ont pas encore saisie ; ce qui prouve leur ignorance complète, puisque tout se meut par les nombres. Soyez à l'étude.

Prenez vos 33 cartes dans vos mains, mêlez-les, ayez soin de les mettre à tête bêche sans les regarder. Vos cartes mélangées en tous sens, faites couper, ou coupez vous-même, si vous travaillez pour vous ou pour une personne absente.

Alors tirez 12 cartes à la file l'une de l'autre, les plaçant devant vous, et lisez leur signification de droite à gauche, comme vous avez dû les placer devant vous en les levant de votre jeu une à une.

Mettez la treizième et la trente-troisième sous les douze. Ces deux cartes sont ce qui vous surprendra comme ne l'attendant pas.

Pour vous instruire comme on doit lire les significations qui sont sur les cartes, il faut supposer que

vous ayez amené les douze cartes ci-
après, qu'il faut placer devant vous,
si vous avez le dessein d'apprendre.
Et à ce sujet, voici, pour la dernière
réflexion, un fragment tiré des ouvrages d'*Etteilla*.

« Dans l'art qu'on appelle en général, *tirer les cartes*, chaque ignorant ou ignorante ont la permission
de parler de leur tête, et il leur faut
bien cette permission puisqu'ils ne
savent pas lire dans les cartes; mais
dans ce cas ne vaudrait-il pas
mieux appeler sa cuisinière, pour
qu'elle nous dise ce que nous devons
faire?

« Enfin, par la science, on peut espérer sur cent, 99 fois la vérité ; et,
par l'ignorance, une seule fois la
vérité sur cent mensonges.

« Soit assez dit pour *honter* les
charlatans et les escrocs qui se mettent
tireurs de cartes, moyen de gagner
quelques sous qui n'appartenait jadis
qu'à nos vieilles gens, dont ils cher-

chent à arracher la chétive sub-
sistance. »

Et puisqu'il en est ainsi, mettons
à la portée de tout curieux la manière
de démasquer l'ignorance de ces
hommes.

Posez sur la table ces douze cartes
et supposez que tout leur nombre
additionné ensemble donne 172;
alors tout ce qui vous sera dit du
passé, du présent et de l'avenir, doit
être renfermé dans le passé de 172
jours, et dans l'avenir de 172 jours :
découvertes dues au seul et unique
Etteilla.

Donc il est : 1° essentiel de commencer par un coup de 12, parce
que les nombres progressifs 1, 2, 3,
etc., jusqu'à 12, étant additionnés,
donnent 78, qui est le nombre de
toutes sciences humaines ; 2° afin
que vous sachiez toujours le temps
dans lequel sont déposés les oracles ;
car les nombres donnent le temps,
et le temps renferme les oracles.

Vous parlerai-je, je vous le demande, en homme un peu plus instruit que ceux qui, excepté les vrais cartomanciens, se donnent pour lire dans les cartes ? mais comme on ne peut se soumettre à la bonne foi et à l'étude des charlatans, c'est à vous et à vos amis que je me confie pour leur faire honte, s'ils se présentent à vous pour vous tromper, ce que vous connaitrez facilement s'ils ne vous parlent pas suivant les vrais principe de la science dont je vous instruis ; science qui n'est ni de moi ni d'Etteilla, mais des Égyptiens.

As de pique, 22, 18, 23, 27, 6, 14, 9, 5, 8, 20.

Les deux surprises... 30, 17.

Si vous placez ces cartes, vous entendrez facilement ce que je vais dire, et il s'ensuivra que vous serez étonné de savoir lire dans les cartes aussi bien que moi, en une demi-heure de temps.

On commence toujours par voir si

l'Etteilla, qui est le questionnant ou la questionnante, est venu : s'il est venu, on prononce l'oracle qui est sur la carte que commande Etteilla. Et vous dites...

14 et 1, le questionnant, dans le moment qu'il consulte, est désespéré de ce que 29, une fille brune, qui est 8 à la campagne lui écrit, 5, une lettre, 9, de propos sur 1, le questionnant, dont, 14, il a de l'ennui.

Cet ennui lui donne, 16, le désir d'aller dans, 27, la maison, 23, d'un homme brun qu'il trouve avec, 18, une femme veuve qui, 22, lui fait amitié, et as de pique, lui parle de la santé de la fille brune.

Dans ce premier discours, on doit déjà sentir le caractère du questionnant et son histoire avec une fille qui n'est pas satisfaite de lui, etc.

Lisons la ligne des nombres. L'art qu'il emploie pour être riche le jette dans la sollicitude de toute autre chose, et cela dans le présent, où il consulte la cartomancie.

Il met des empêchements à l'hypocrisie de quelqu'un, mais l'hypocrisie de ce quelqu'un, dans l'avenir, rendra moindre sa vie, ce qui le jettera dans l'indécision.

A présent il faut voir les ensembles; il n'y a qu'un roi, qu'une dame, point de valet, deux as, dont un renversé; et, pour qu'ils comptent, il faudrait qu'ils fussent tous deux droits, ou tous deux renversés.

Il n'y a qu'un dix, qu'un neuf, deux huit : nouvelle connaissance pour le consultant. Mais, dans trois sept, il y en a deux, le haut des cartes en haut, et comme on peut lire sur ces deux sept, et ainsi à tous les ensembles écrits sur les cartes, ces deux sept renversés signifient conduite; dites donc au consultant : Une nouvelle connaissance examine votre conduite.

Présentement *relevez* vos cartes

deux à deux, et voyez en même temps s'il n'y a pas de *numéros de rencontre*. Pour ce, il faut que les deux nombres fassent 31 comme je vous le ferai entendre ci-après, ainsi que l'Etteilla à côté de toutes les autres cartes, et les ensembles des cartes.

Pour faire le *relevé*, soyez attentif à tout ce que je dis.

Zéro ou as de pique, et le n. 29 du huit de trèfle, ne font pas 31 ; mais dites à votre consultant : J'ai vu que la fille brune était bien disposée à votre égard, parce que vous êtes avant 29.

Suivez avec attention. Cela signifie, à cause de cette fille brune, mariage avantageux pour votre consultant.

En voyant une telle annonce au premier degré de la cartomancie, il faut avoir recours au second degré, et enfin au troisième degré, sans quoi l'opérateur est un fourbe ; et, s'il ne connaît pas le second et le troisième degré de la cartomancie, c'est un homme très-dangereux dans la société. Et si je ne m'étends pas plus, c'est afin que l'ignorance ne s'attache pas plutôt au danger qu'à l'examen des vrais ou des faux cartomanciens, comme cela est arrivé en astrologie, les juges ne distinguant pas les vrais philosophes des ignorants qui voulaient les imiter.

Le premier degré est la lecture courante ; le second degré est de tirer de justes conséquences du premier degré, de juger des causes pour entrer dans les effets ; et le troisième est la consolation, l'avis et l'oracle.

Ainsi donc, comme a dit notre maître Etteilla, pour être un vrai cartomancien, il faut posséder l'art, la science et la sagesse de la cartomancie ; et tel amateur qui opère pour les autres avant de savoir ces choses est un ignorant qui ne connaît pas le danger qu'il court. Con-

tinuous le *relevé* des cartes, comme
si nous parlions pour un consultant.

8, 22, ne font pas 31. Votre amitié se porte sur les richesses ; vous
pensez à la campagne ; mais vous
êtes indécis sûrement d'y aller, pour
être utile à cette fille brune.

5 et 18 ne comptent pas ou ne
sont pas 31. Une femme veuve vous
a fait amitié ; mais ses sentiments
vous jetteront dans la solitude. Vous
serez susceptible d'envoyer et de re-
cevoir des lettres dans votre vie. Au
second degré, vous serez plus de
robe que d'épée. Au troisième degré
ne vous mettez pas dans le barreau,
si vous êtes un plastron de l'iniquité.

6 et 23. Un homme brun parle de
vous dans le présent. Des caquets
qui vous regardent seront moindres
en peu de choses. Au troisième
degré, soyez honnête, humain, bon,
généreux. C'est le remède aux propos.

1, 17. Votre maison n'est pas encore solide, vous vivrez longtemps, car vous vous perpétuerez dans l'avenir.

14, 16. Vous désirez empêcher quelque chose, vous causerez de l'ennui à l'*hypocrite* dont je vous ai parlé.

30, 17. La surprise que vous aurez sera un homme de robe, qui vous apportera quelque argent.

Ce coup de 12 étant fait, vous faites tous ceux que vous voulez; car le principal est suivant cet ordre.

1° Voir la carte qui est à côté de l'Etteilla;

2° Bien lire vos cartes;

3° Voir les ensembles;

4° Relever vos cartes deux à deux et, avant de les expliquer, les numéros de rencontres s'il s'en trouve. Voici l'instruction sur ces quatre objets.

1° Mettez ces deux cartes en cette sorte : 22 et 1. Vous voyez, à la quatrième ligne de la carte, un E, qui veut dire ETTEILLA, et, après l'E, il y a *procés*.

En général, cela veut dire : *Etteilla*, à côté du sept de pique, vous avez un procès, et cette explication serait la même à toutes les cartes, à l'exception que ce serait un oracle, 16, 1, dettes, etc.

2° Bien lire vos cartes, en vous arrêtant toutes les fois qu'un discours finit, les cartes qui suivent donnant souvent matière à une autre conversation.

3° Voir les ensembles : prenez les quatre rois, mettez-les devant vous, sur la table, dans le sens où on peut bien les voir. Vous lirez, sur votre droite : *grand honneur*.

Otez un des rois, il en restera trois, vous lirez *consultation*. Ainsi de tous les ensembles.

4° Relevez vos cartes;

La cartomancie est une science simple et naturelle; elle a ses principes, et c'est en les possédant qu'on conçoit : 1° comme elle peut être utile aux hommes : 2° combien ceux qui parlent mal de cette science sont ignorants.

Lorsqu'on n'a pas encore consulté les oracles pour une personne, il faut absolument faire le premier coup de 12, afin de reconnaître l'esprit du bien ou du mal qui la domine.

Mais lorsqu'on a déjà travaillé pour une personne, si elle est pressée de savoir quelque chose, on peut faire simplement le cours des questions ; mais il faut qu'elles soient *ouvertes*. Exemple, dans ce dialogue.

Dites-moi si je réussirai ? — En quoi ? — Dans une entreprise. — De quelle nature est cette entreprise ? — Vous avez raison ; mais sans dire votre secret, vous pouvez dire si votre entreprise est de commerce, de voyage, de mariage, d'emprunt, où enfin si vous préméditez une action injuste.

— Mon entreprise consiste à engager une société à me fonder une maison de commerce, dont je serai le gérant ou, si on veut, l'homme représentant, mais dont une société sera garante de tout.

« Et, dans cette maison, il sera libre à qui le voudra de faire valoir des fonds, en garantie de sa somme, à cinq pour cent, sauf l'excédant annuel du bénéfice général à partager, s'il en est, suivant les mises de fonds.

— Vous avez un projet de banque ou de commerce pour appuyer cette maison? — Oui — Eh bien! votre moyen est votre secret, et c'est ce que vous ne devez point me dire.

« Je prends les 3 cartes, je les mêle, les mettant à tête-bêche, je fais couper et je tire les cinq premières cartes de dessus, à la file l'une de l'autre afin de répondre, non de ma tête, mais ce que dira la cartomancie. Voici les cinq cartes : *Saturne*, 9,

6, 24, 16. ne confiez pas votre pensée à une femme châtain-brun, elle
vous trahirait, et cela donnerait naissance au néant de votre entreprise.

« La question n'étant pas résolue,
sans rebattre les cartes, j'en prends
de file cinq autres que voici : 2, 13,
7, *Mars*, 22 ; elles disent : Ayez espérance ; beaucoup d'occupations
apporteront des retards ; mais en cette
ville fixez votre attention sur un
homme.

« Cela ne définissant pas encore assez, je tire, pour troisième et dernier
tas, les cartes qui suivent les dix déjà
tirées. Les voici :

« 14, 26, 25, 1, 8. Le chagrin va
s'emparer de vous ; volontiers absorbé,
vous parlerez à un garçon brun ; il
vous donnera une forte somme d'argent, sûrement, pour cette entreprise,
dont vous aurez la victoire. Ou, ce
qui est le même, un garçon brun,
par une somme d'argent, mènera à
la réussite.

« *N.-B.* Si ces cinq cartes étaient venues les premières, je n'en eusse pas tiré d'autres ; comme aussi, si, dans les cinq premières, j'eusse vu la non-réussite. »

SIGNIFICATION DES CARTES

d'après FLAMAND

Nous avons cru devoir donner ci-après une signification très-détaillée de chaque carte, afin que la personne qui voudrait se récréer par la carto-mancie puisse obtenir des réussites complètes. On le comprendra facile-ment, celui qui fait métier de tirer les cartes a dû faire une étude approfon-die de la manière de formuler des oracles ; la personne qui ne s'est pas encore rendu compte des difficultés que cela présente se trouverait vite découragée et renoncerait peut-être à se donner ce petit agrément, de chercher à trouver elle-même son

horoscope, car, ne le dissimulons
pas, il faut beaucoup de pratique
pour pouvoir aligner des interprétations et rendre intelligible le sens
des oracles que l'on veut découvrir
dans la cartomancie.

Nous avons cru aussi, pour rendre
plus facile l'interprétation des oracles,
ajouter à la suite de chaque signification des cartes les synonymes qui
doivent aider à la formation des
oracles, car autrement il serait souvent difficile, nous dirons même impossible d'en formuler un seul.

Ainsi la carte n° 3, *le valet de
carreau*, vous annonce étranger, mais
il annonce aussi enseignement,
étrangeté, merveille, prodiges, dissertation, chronique scandaleuse,
pensée bizarre, etc., etc.

Il est donc indispensable de consulter ces synonymes avant toute
conclusion.

DES CARREAUX

LE ROI DE CARREAU

Le roi de carreau seul, c'est-à-dire lorsque vous ne voulez pas prendre la peine de formuler un oracle, mais alors que vous opérez par un tirage unique, signifie mariage.

Pour opérer par un tirage unique, il faut simplement battre les cartes, couper de la main gauche, déterminer la carte que l'on retournera, ne

2.

pas regarder les autres. Ainsi vous vous dites : J'interroge la sixième. Après avoir coupé, vous comptez jusqu'à la sixième carte et la retournez. Si c'est une jeune fille qui opère et que cette carte vienne sans être renversée, elle dit mariage ; donc la demoiselle qui interroge est assurée que, dans un but de mariage, il y a, à cause de sa personne, des pourparlers très positifs, ou qu'un jeune homme l'a remarquée dans une réunion.

Le roi de carreau dans une combinaison signifie : homme étranger, volage en amour, rampant et flatteur ; placé auprès d'une carte *cœur*, soit avant ou après, il dit : homme bon, obligeant, honnête.

SYNONYMES

Honnête homme. Villageois. Cultivateur. Paysan. Laboureur.

N° 2

DAME DE CARREAU

La dame de carreau seule, pour un tirage par carte unique, comme il a été indiqué au précédent, signifie : bonne réussite. Dans une combinaison, elle représente une personne aimée, bonne femme, de bon cœur et bien douée ; mais, pour réunir ces qualités, elle doit avoir comme carte d'accompagnement soit un trèfle, soit un cœur; que l'une de ces cartes précède ou suive, cela ne change rien à sa signification.

Si, au contraire, nous avions un pique ou même deux piques dans ces cartes d'accompagnement, le sens en serait modifié ; un pique, soit roi, dame ou valet, changerait totalement le sens ou l'interprétation, car cette dame de carreau indiquerait une femme colère, revêche, acariâtre, égoïste. Un pique en basses cartes, soit un dix, un neuf, un huit, un sept, donne un sens douteux.

SYNONYMES

Honnêteté. Vertu. Douceur. Politesse. Civilité. Femme économe. Ménagère.

N° 3

VALET DE CARREAU

Le valet de carreau, seul, signifie voyages. Dans une combinaison, il représente un garçon étranger, turbulent, flatteur, intéressé et fort ambitieux.

Si vous faites les cartes pour un célibataire, il annonce un rival ; dans tous les cas, ce sont les cartes d'accompagnement qu'il faut interroger, car

si vous faites l'horoscope d'une fille,
femme ou veuve, il dénote un prétendant étranger, pour la jeune fille ou
pour la veuve, un admirateur pour la
femme mariée, c'est-à-dire qu'il est
épris, mais n'a que des intentions
honnêtes, son amour est tout pla-
tonique.

Si le valet de carreau est avoisiné
d'un pique quelconque, il dénote un
amant jaloux, brutal et intéressé.

SYNONYMES

Enseignement. Étrangeté. Merveille.
Prodige. Dissertations. Chronique scandaleuse. Pensées bizarres.

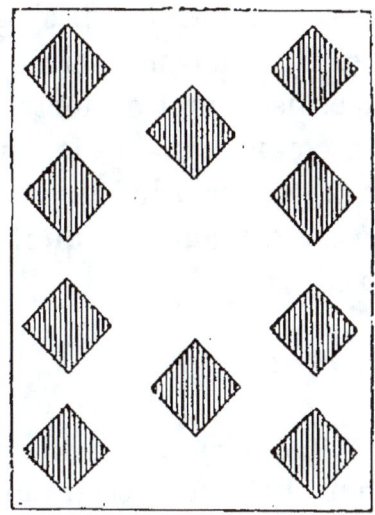

LE DIX DE CARREAU

Le dix de carreau seul signifie voyage, partie de campagne ; accompagné d'un trèfle, il annonce une excursion lointaine qui sera heureuse et de courte durée. Lorsque ce dix de carreau aura des cartes cœur placées l'une à droite l'autre à gauche, quelle que soit leur valeur, il dirait que ce déplacement de votre personne a pour

motif l'amour, surtout si cette carte se
trouvait entre le roi et la dame de
cœur. Auprès d'un trèfle, il s'agirait
d'un voyage dont la cause serait pour
vous un accroissement de fortune.

Entre un cœur et un trèfle, un pique et un trèfle, cela indique empêchement à ce voyage ou qu'il sera
infructueux.

SYNONYMES

Surprise. Tromperie. Déguisement.
Dissimulation. Ruse. Fausseté. Conjura-
tion. Imposture. Obstacles. Chicane.
Réclamation. Opposition. Travail. Écueil.

N° 5

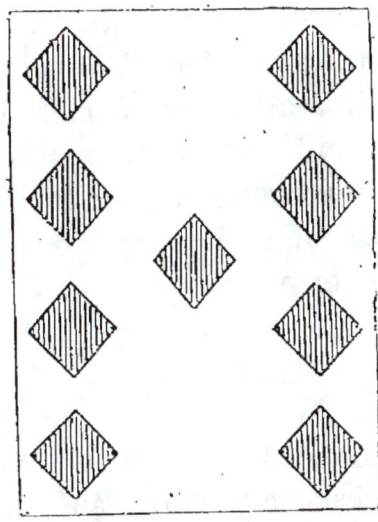

LE NEUF DE CARREAU

Le neuf de carreau annonce nouvelles. Dans des combinaisons, placé
près d'une carte cœur, ce sont de bonnes nouvelles que ce neuf de carreau
vous annonce.

Mais dans un voisinage de pique,
soit précédée ou la suivant, cette
carte n'est pas d'un bon augure ; cependant près d'un trèfle elle vous dit

que ces nouvelles seront avantageuses.

En général, on trouve peu à interpréter à l'endroit du neuf de carreau,
car sa signification paraît devoir dé-
pendre uniquement des cartes d'accompagnement ; en résumé donc, il
faut beaucoup chercher dans les synonymes pour pouvoir faire un oracle
à peu près certain.

SYNONYMES

Lenteur. Délai. Remise. Renvoi. Éloi-
gnement. Obstacle. Contrariété. Désavantage. Ralentissement.

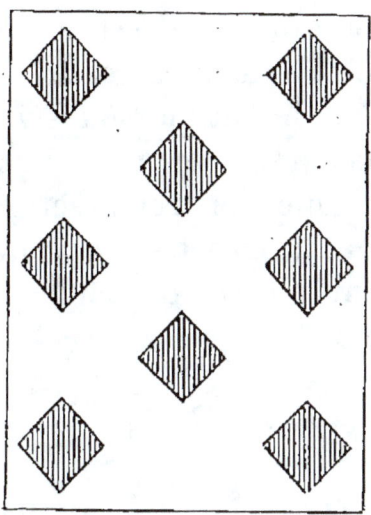

LE HUIT DE CARREAU

Le huit de carreau annonce à la personne qui interroge les cartes qu'elle fera un voyage sous peu de temps.

Le but du voyage que vous ferez est tout simplement de plaisir, si ce huit de carreau est placé entre deux cœurs.

Ce voyage sera un voyage d'intérêt

si le huit de carreau se trouve accompagné d'un ou de plusieurs trèfles. Il sera insignifiant s'il est accompagné d'un ou de deux carreaux.

Mais il sera lucratif lorsqu'il y aura un ou plusieurs trèfles dans la combinaison et que ces trèfles seront en nombre égal aux cartes cœur qui se trouveraient placées dans une ligne à interpréter.

SYNONYMES

Amusement. Divertissement. Récréation. Réjouissance. Passe-temps. Jardin. Bois. Bosquet. Vie à la campagne. Labourage. Culture. Montagne. Bergerie.

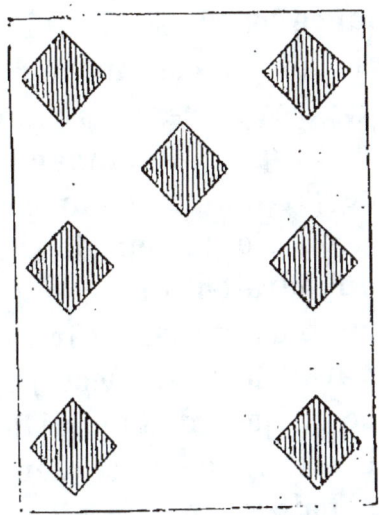

LE SEPT DE CARREAU

Le sept de carreau annonce peines de cœur lorsqu'il vient seul premier.

Le sens de cette carte est modifié par les cartes d'accompagnement, car près d'un trèfle il est un signe de prospérité, changement de position, réussite en affaires. Près d'un cœur il annonce fortune, mariage opulent; si la carte cœur qui accompagne ledit sept de carreau est la dame, et que l'on opère pour un jeune homme, cela annonce les choses les plus flatteuses : la future est une beauté et possédant aussi un caractère aimable. Il n'y a donc que l'accompagnement d'un pique qui pourrait compromettre le sens favorable du sept de carreau, et encore faudrait-il que ce pique ne fût pas une basse carte, car dans ce cas il faudrait la remplacer par une autre tirée au hasard et ne lui donner de signification que si ce deuxième tirage amenait encore un pique.

SYNONYMES

Pourparlers. Colloque. Entretien. Parole. Discussion. Causerie. Caquets. Légèreté.

AS DE CARREAU

L'as de carreau seul signifie lettre
vous recevrez une lettre.

L'as de carreau, suivant la carte
d'accompagnement, prend une signification ; auprès d'une carte cœur, il
y a lieu de penser que cette lettre
sera une marque d'amitié.

Auprès d'un trèfle, l'as de carreau
indique que la lettre qu'il vous an-

nonce renfermera des nouvelles fort avantageuses au point de vue de vos finances; mais dans le voisinage, soit suivi ou précédé d'un carreau, il faut attendre une lettre désagréable.

Auprès d'un pique, il vous prédit une demande d'emprunt, vous annonce en affaires un résultat peu gracieux, héritage passant en des mains étrangères, demande de retard d'un paiement sur lequel vous deviez compter.

SYNONYMES

Méprise. Dissipation. Décadence. Déclin. Dépérissement. Découragement. Précipice. Erreur.

DES CŒURS

LE ROI DE CŒUR

Le roi de cœur seul signifie bonne volonté ; vous trouverez donc un ami obligeant, prêt à vous être utile si vous aviez besoin d'un service plus ou moins grand.

Quand le roi de cœur accompagne une carte défavorable, il en modifie le sens et souvent, s'il n'est pas suivi ou précédé d'un pique quelconque, il

3

change le sens de cette carte ; il est
donc bien facile, quand vous voyez
plusieurs piques dans une combinaison et que vous y trouvez le roi de
cœur, de ne pas chercher à composer
un oracle, puisqu'une carte modific
ou efface le sens de l'autre ; le plus
simple est de recommencer l'opéra-
tion, autant de fois alors qu'il se
trouve de cartes pique dans la première réunion.

SYNONYMES

Homme bon, honnête. Probité. Sciences. Arts. Générosité. Découvertes.

N° 10

DAME DE COEUR

La dame de cœur représente une amie sincère dont vous devez attendre de bons offices.

Comme carte d'accompagnement, la dame de cœur est d'une bonne interprétation; avec d'autres cartes favorables, cette carte vous annonce réussite en affaires de sentiment: pour une jeune fille, c'est une promesse de mariage ; il en est de même pour un jeune homme : la dame de cœur lui prédit qu'il sera bien venu près de la personne sur qui il a jeté son dévolu ; toutefois, il faut bien remarquer la valeur des cartes qui sont dans la combinaison que l'on veut interpréter.

Si cette carte vient renversée, elle est moins favorable, mais cependant on peut encore lui donner une interprétation gracieuse. Voyez les synonymes.

SYNONYMES

Honnêteté. Sagesse. Bonne personne. Bons procédés. Amabilité. Sympathie. Persévérance.

VALET DE CŒUR

Seul, le valet de cœur vous annonce beaucoup de bons offices d'un ami sincère, bienfaisant, empressé.

Si ce même valet de cœur est tiré par une jeune personne et qu'il vienne seul et du premier coup, il lui prédit qu'elle a beaucoup de chances d'être mariée à un jeune homme blond sur lequel elle a jeté ses vues.

Lorsque le valet de cœur vient renversé, il annonce projets contrariés; il faut donc alors se bien rendre compte des interprétations à donner aux cartes d'accompagnement, afin de ne pas y trouver des présages plus fâcheux que la réalité, car cette carte étant bonne dans le sens droit ne peut que modifier l'interprétation des cartes pique et carreau, et cela favorablement.

SYNONYMES

Considération. Contemplation. Méditation. Succès. Réussite. Inclination. Amitié. Louanges. Attachement.

N° 12

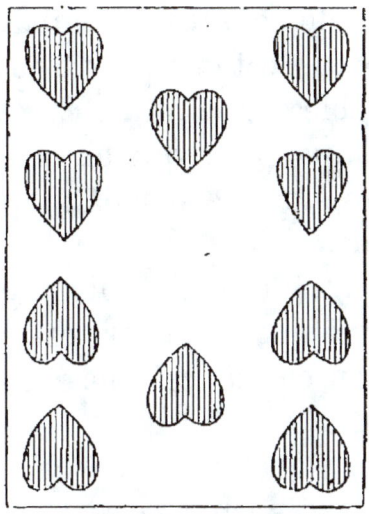

LE DIX DE CŒUR

Le dix de cœur seul vous prédit richesse, successions; si c'est pour un jeune homme, il lui annonce un mariage opulent que lui vaudra un héritage faiblement attendu.

Dans un recueil très-recherché, on trouve que le dix de cœur prédit, lorsqu'on fait le jeu pour un monsieur, qu'il est exposé à avoir un duel, mais aussi que cette affaire d'honneur sera terminée par un bon déjeuner.

Le dix de cœur, en compagnie de cartes pique, est un présage de propos désagréables : on fait des cancans sur la personne pour qui on opère, ou peut-être sur une personne qui a ses affections.

Toujours dans le voisinage d'un trèfle, ce dix de cœur est de bon augure en ce qui est affaires de spéculation.

SYNONYMES

Gains. Succès. Voyages lucratifs. Avantages. Renversé, le dix de cœur dit : Agitation. Antipathie. Risques. Tempête.

N° 13

LE NEUF DE COEUR

Cette carte, seule, dit : avantage sur vos ennemis. Dans une combinaison, il faut toujours donner une très-grande attention aux cartes d'accompagnement ; ainsi un trèfle, roi, dame, valet, as, sont des présages heureux et augmentant encore ce que le neuf vous prédit de favorable.

On prétend que, pour un militaire,

3.

le neuf de cœur est toujours l'annonce d'avancement en grade.

Lorsque le neuf de cœur vient renversé, il faut le regarder comme un avertissement à l'égard de sages avis qui vous ont été donnés par des personnes sincères.

Dans une combinaison où il se trouve quelques cartes pique, vous remarquerez que, sans en détruire le sens favorable, ces cartes pique le modifient; mais comme le neuf de cœur a toujours représenté une chose agréable, rien n'en peut détruire la valeur.

SYNONYMES

Triomphe. Réussite. Avantages. Loyauté. Vérité. Hardiesse. Liberté.

N° 14

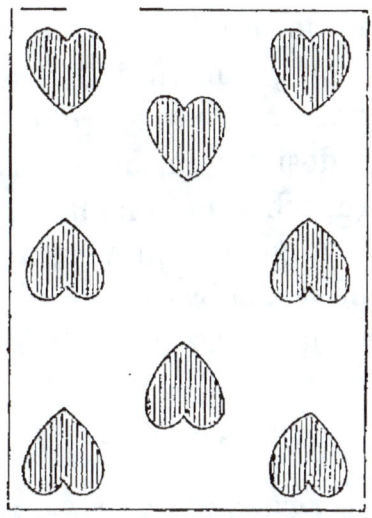

LE HUIT DE CŒUR

Le huit de cœur, venant seul et non renversé, annonce nouvelles heureuses d'une personne éloignée à laquelle vous portez un intérêt très-grand.

Quand on fait le jeu pour un jeune homme, le huit de cœur lui annonce que la demande en mariage de la jeune fille blonde, sur laquelle il a jeté ses vues, accueillera favorablement sa

demande, et dans le voisinage des majeures en trèfle, il prédit à ce jeune
homme une nombreuse lignée.

Pour vous, mademoiselle, attendez
tout de votre étoile et tout étant favorable à vos désirs, vous obtiendrez bientôt d'être recherchée en mariage par le
jeune homme avec qui vous avez valsé
dans une des soirées ou réunions où
vous le rencontrez d'habitude.

SYNONYMES

Douceur. Timidité. Pudeur. Modestie.
Honnêteté. Contentement. Réunion. Bal.
Concert. Divertissement.

LE SEPT DE COEUR

Voilà une carte difficile à expliquer, car vos pensées sont tellement agitées, que vous ne devez lui donner, seule, un autre sens que mouvement, agitation, voyage.

C'est donc par les diverses cartes d'accompagnement que vous pourrez parvenir à formuler un oracle et alors toute votre attention doit se porter sur la valeur desdites cartes ; par exemple vous avez, près du sept de cœur, des carreaux, des piques, mais peu ou point de trèfles ; rien ne peut décider un assemblage assez complet. Recommencez vos mélanges, vous arriverez plus facilement à votre but.

Lorsque le sept de cœur se présente renversé, il est un signe de réussite, vous le comprenez ; seul, droit, dans une combinaison, il la rend inintelligible ; donc, étant renversé, il est avantageux.

SYNONYMES

Irrésolution. Trouble d'esprit. Erreur. Méditation. Opinion. Fausse interprétation. Retard.

N° 16

AS DE COEUR

L'as de cœur venant seul, et tiré par une jeune personne qui a des projets de mariage, lui dit que son futur, ou que celui qu'elle désire voir demander sa main, est sur le point de faire une absence pour affaires d'argent.

Pour un jeune homme, l'as de cœur lui dit qu'une femme jeune et blonde a pour lui beaucoup de bienveillance et qu'il lui sera facile d'obtenir sa main.

L'as de cœur est rarement modifié dans un sens défavorable : mais au contraire, cette carte détruit toute mauvaise interprétation que l'on pourrait rencontrer dans les cartes d'accompagnement.

L'as de cœur renversé est un signe de changements inattendus, mais ces changements sont toujours avantageux.

SYNONYMES

Invitation. Partie de campagne. Hôtellerie. Mutation. Voyages agréables. Promenades. Fêtes champêtres.

DES PIQUES

LE ROI DE PIQUE

Le roi de pique, venant seul, vous annonce quelques contrariétés à propos de petits coups d'épingles que vous avez prodigués à une amie dans une conversation où vous avez donné trop facilement carrière à votre penchant à égratigner vos amis.

Vous, madame, qui avez remarqué

un homme brun qui recherche votre main à cause de votre fortune, soyez prudente, étudiez le caractère de ce prétendant et contentez-vous d'un jeune homme blond, même un peu roux, qui vous rendra plus heureuse.

Dans toutes les combinaisons où figure le roi de pique, il est regardé comme modifiant les oracles d'une façon peu gracieuse ; on le voit toujours changer en douteux un horoscope où il figure près d'une carte majeure en cœur, roi ou dame ; l'as de cœur seul annule souvent l'augure désagréable que représente ce roi de pique.

SYNONYMES

Perversité. Mal intentionné. Homme noir. Plaideur. Jurisconsulte. Procureur. Avocat. Homme de chicane.

N° 18

DAME DE PIQUE

La dame de pique vous annonce qu'une parente d'un caractère difficile est en ce moment fort recherchée en mariage.

Dans des combinaisons où vous interrogez les cartes pour savoir si vous parviendrez à vos fins, à savoir si, par les recherches que vous mettez dans vos toilettes, vous fixerez l'at-

tention d'un jeune homme brun, dont
vous ambitionnez de devenir la femme, cette dame de pique vous dit que
beaucoup d'obstacles viendront empêcher que vos rêves deviennent une
réalité. Mais patience! voyez les cartes
d'accompagnement : avez-vous, bien
près de cette dame de pique, une
carte cœur? Tout espoir n'est pas perdu, si c'est le roi, la dame, le valet,
ou l'as; cela vous dit qu'avec le se-
cours de quelques amies vos vœux seront exaucés.

SYNONYMES

Absence. Malice. Finesse. Espièglerie.
Artifice. Pruderie.

N° 19

VALET DE PIQUE

Le valet de pique venant seul premier annonce, lorsqu'il est tiré par une jeune personne, que ses talents d'agrément seront admirés par un beau jeune homme et au désavantage de ses amies dont les talents sont au moins égaux aux siens, tout cela, mademoiselle, en raison de votre tenue qui attire l'admiration de vos amies

Dans le voisinage des cartes cœurs, le valet de pique vient altérer le sens favorable de l'une de ces cartes, mais avoisinée d'un trèfle en basse carte, il est l'avis d'un message d'homme de loi étranger; peut-être êtes-vous appelé à recueillir un héritage opulent? Dans tous les cas, rendez-vous bien compte de vos combinaisons; quelquefois le valet de pique annonce un duel si on fait le jeu pour un militaire.

SYNONYMES

Remarques. Observation. Dissertation. Discussion. Querelles. Temps perdu.

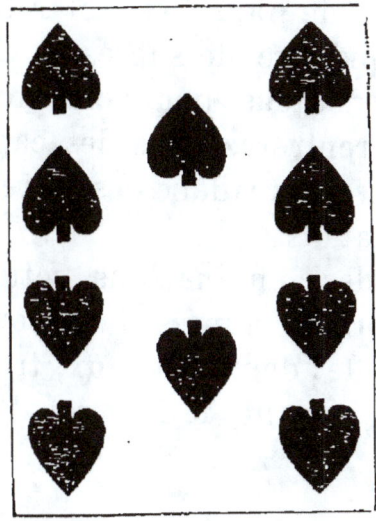

DIX DE PIQUE

Le dix de pique est un signe de
contrariétés, quand on le tire premier
seul ; cependant il faut remarquer que
cette carte, venant renversée, vous
avertit au contraire que bientôt l'u-
nion un instant troublée dans vos
rapports soit de famille ou autrement
sera, à votre grande satisfaction, ré-
tablie là où vous avez crainte d'en

voir trop prolonger la fâcheuse durée.

Le dix de pique venant retourné est un présage de succès, la chance qui était douteuse pour vous a tourné, et vous rentrerez dans des capitaux un peu aventurés dans des entreprises de charlatans.

Dans des combinaisons, cette carte est favorable auprès d'un cœur ou d'un trèfle ; deux carreaux, trois piques se suivant, il faut rebattre les cartes.

SYNONYMES

Gain. Lucre. Profit. Succès. Faveur. Bienfait. Ascendant. Autorité.

N° 21

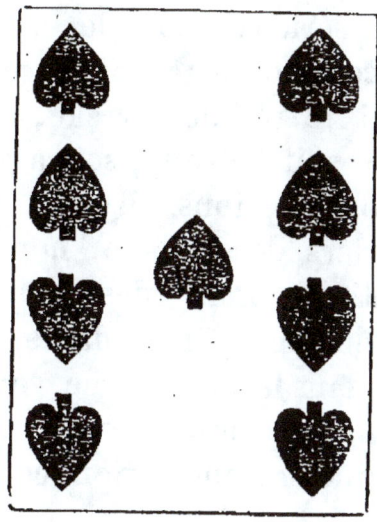

NEUF DE PIQUE

Le neuf de pique vous dit que vous
serez invitée à une belle cérémonie,
un mariage peut-être, mais si cette
carte venait renversée, ce serait à
une cérémonie moins agréable, cependant il n'est pas un signe alar-
mant. Quand il est dans une combinaison où se trouve la dame de
pique, il indique des propos déso-

bligeants, des bavardages inutiles et qui compromettront ce que vous avez de sérieux dans le caractère. Quand cette carte a pour accompagnement le roi de carreau, il indique que, soit à droite, soit à gauche dans vos relations, il y aura des pourparlers de mariage, non suivis d'exécution ; mais des cartes majeures en cœur, roi, dame, valet, placées dans la même ligne, vous donneront espérance de voir avec le temps une réconciliation complète.

SYNONYMES

Défiance. Discrétion. Réserve. Prudence. Avertissement. Scrupules. Timidité.

N° 22

HUIT DE PIQUE

Le huit de pique ne vous annonce
rien de bien terrible, s'il est tiré seul
et s'il vient non renversé; c'est dans
ce dernier cas seulement qu'il n'est
pas de bon augure.

Si le huit de pique est tiré pour
une dame et s'il vient renversé, il y a
ici quelques caquets désagréables à
craindre. Si, dans une combinaison,

les cartes d'accompagnement sont favorables, ces caquets n'iront même
pas jusqu'à la médisance, il s'agira
seulement d'une légère plaisanterie
touchant la manière dont s'habille
la personne en question.

Dans un voisinage de cartes désagréables, le huit de pique serait plutôt destiné à augmenter encore le
penchant à la critique que possèdent
à votre égard les personnes dont
vous redoutez la langue.

SYNONYMES

Examen. Discussion. Censure. Blâme.
Contestation. Contrôle. Objection. Im-
probation.

N° 23

SEPT DE PIQUE

Si vous tirez le sept de pique et qu'il vienne droit, il présage certainement quelques bonnes nouvelles.

Si c'est un commerçant ou une commerçante qui interroge les cartes, le sept de pique lui annonce prospérité.

Auprès d'une carte trèfle, soit roi, dame ou valet, il signifie succession.

Si cette carte se trouvait renversée et mal avoisinée, vous seriez prévenu que vous devez profiter des conseils très-sages qui vous ont été donnés à propos d'une affaire sérieuse, ou matrimoniale.

Le nombre sept était regardé par les anciens comme très-favorable en raison, qu'après la création du monde, qui avait été faite en six jours, le septième fut consacré au repos.

SYNONYMES

Attente. Fantaisie. Espoir. Envie. Souhait. Nouvelles. Bons conseils.

N° 24

AS DE PIQUE

Lorsque vous tirez les cartes et que vous procédez par carte unique, l'as de pique, venant premier, vous annonce changement de temps, il passera du laid au beau ; si cet as venait renversé, il serait un signe de pertes de récoltes.

Pour une personne qui veut consulter à propos d'une partie d'agrément, cette carte accompagnée de carreaux en nombre égal est l'annonce d'une invitation à un bal, à une belle partie de campagne, voyage de plaisir.

L'as de pique venant renversé ne peut avoir d'autre signification que celle que nous donnons plus haut, sauf le cas où toutes les cartes d'accompagnement viendraient également renversées ; mais c'est là un des plus grands hasards et qui se rencontre une fois sur mille.

SYNONYMES

L'as de pique qui, renversé, signifie quelquefois : Grossesse. signifie aussi Production. Accroissement. Multiplication. Accouchement.

DES TRÈFLES

LE ROI DE TRÈFLE

Le roi de trèfle représente un homme doux, obligeant, généreux, prudent; donc si vous tirez cette carte première, elle vous prédit à vous, jeune personne, de belles étrennes pour le prochain premier de l'an.

Le roi de trèfle, comme carte d'ac-

4.

compagnement, est favorable lorsqu'il s'agit d'affaires d'intérêt et il
modifie toujours le sens désavanta-
geux des autres cartes, qu'il les précède ou qu'il les suive.

Quand le roi de trèfle vient renversé, il annonce à celui pour qui on
opère des difficultés pour affaires pécuniaires ; dans une combinaison où
il y a plus de cartes trèfle et cœur,
mais dont l'interprétation serait difficile, contentez-vous de compter vos
cartes, alors c'est un signe favorable
d'avoir plus de ces cartes que des
autres, n'en cherchez pas plus, l'augure est bon.

SYNONYMES

Calculateur. Spéculateur. Banquier.
Négociant. Agent financier. Commandi-
taire.

DAME DE TRÈFLE

La dame de trèfle, venant seule, vous annonce l'arrivée de riches présents ; peut-être un oncle d'Amérique auquel vous avez donné de vos nouvelles vous fera cette agréable surprise.

Quand on fait le jeu pour un jeune homme, la dame de trèfle, venant première dans une combinaison, laisse espérer pour ce jeune homme un fort riche mariage.

La dame de trèfle, venant renversée, indiquerait qu'une femme aurait par minauderie laissé croire au jeune homme qu'elle ne demandait pas mieux que de lui accorder sa main, tandis qu'elle avait pensé à un autre ; mais si cette carte avait pour accompagnement deux cartes majeures en cœur, il faudrait en expliquant toutes les autres chercher le véritable sens.

SYNONYMES

Hésitation. Doute. Timidité. Frayeur. Appréhension. Crainte.

VALET DE TRÈFLE

Le valet de trèfle est, lorsqu'il vient seul premier, une annonce de cadeaux sans importance ; si cette carte est tirée par une jeune personne, on lui enverra des bouquets ; si c'est pour une dame mariée, le valet de trèfle annonce des cadeaux de son mari, cadeaux qu'elle ne désirait pas.

Dans une combinaison avec des
cartes cœur comme accompagnement,
ledit valet de trèfle annonce que la
personne pour qui on opère est sur-
veillée dans le but de connaître ses
penchants ; aussi doit-elle s'observer
avec soin, car la moindre légèreté dans
sa conduite, serait un obstacle pour
un mariage dont on s'occupe pour
elle.

SYNONYMES

Avantage. Profit. Utilité. Obligeance.
Bons offices. Recherche. Surveillance.

N° 28

DIX DE TRÈFLE

Le dix de trèfle, seul, est une annonce avantageuse de résultats d'argent.

Lorsque cette carte vient en compagnie précédée ou suivie d'un pique en cartes majeures, elle détruit ou modifie beaucoup ce que cette carte pique pourrait annoncer de fâcheux.

Auprès d'un carreau en basses, le dix de trèfle vous annonce une nouvelle par correspondance, qui, pour affaire d'intérêt, vous donnera beaucoup de satisfaction, avec plusieurs carreaux pour accompagnement, le dix de trèfle est l'annonce d'un recouvrement ; vous avez confié des capitaux, vous avez prêté des bijoux que l'on ne s'empressait pas de vous restituer ; patience ! cela va revenir.

SYNONYMES

Épargne. Économie. Retour. Restitution. Remboursement. Hasard.

NEUF DE TRÈFLE

Cette carte annonce quelque chose de favorable à vos intérêts.

Auprès de cartes pique, soit en basses ou en majeures, elle vous prévient que quelques tentatives seront faites, dont le but sera de compromettre votre épargne, mais s'il se trouve, comme carte d'accompagnement, un carreau, as, valet ou même un sept, vous êtes averti, et cela vous épargnera des pertes pécuniaires auxquelles vous ne seriez certainement pas insensible.

Cette carte, lorsqu'elle vient de haut en bas, annonce plaisanterie, mais, grâce à votre aimable caractère, nous verrons de quel côté seront les rieurs.

SYNONYMES

Conséquence. Conclusion. Renversé, le neuf de trèfle annonce : Leurre. Ruse. Escamotage. Mystification.

N° 30

HUIT DE TRÈFLE

Les trèfles ont presque toujours rapport aux choses d'intérêt, à moins que les cartes d'accompagnement n'aient assez de force pour en compromettre le sens.

Ainsi un huit de trèfle tiré par une jeune personne laisse à espérer, s'il s'agit de mariage, que ce sera une union avantageuse; suivi et précédé d'un carreau, c'est par une bonne missive que la personne pour qui on opère sera prévenue de quelque bonne succession ou d'envois de riches cadeaux.

Le huit de trèfle, quand on opère pour un célibataire, lui indique qu'il fera un mariage beaucoup plus riche que tous ceux des amis qui se sont établis depuis plusieurs années, et que la personne qu'il épousera sera blonde.

SYNONYMES

Accueil obligeant. Politesse. Prévenance. Caractère facile. Douceur. Bienveillance.

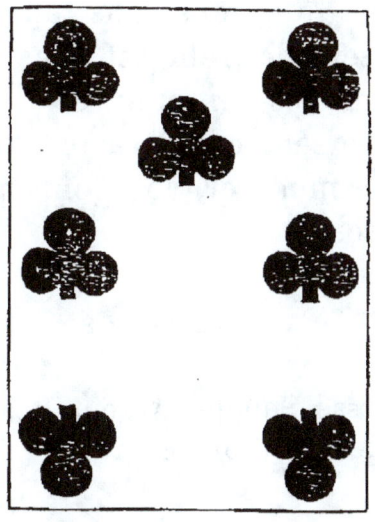

SEPT DE TRÈFLE

Venant première, seule, et pour une jeune fille, cette carte, qui représente un signe d'argent, lui dit qu'elle sera bientôt recherchée par un jeune homme brun peu fortuné, mais dont les espérances sont fort rassurantes.

Auprès de cartes secondaires, soit un pique, soit un carreau, mais alors qu'il se trouve plusieurs cartes cœur dans la combinaison, cela veut dire qu'à propos d'intérêt, c'est bien inutilement que vous vous tourmentez, car le sept de trèfle est dans tous les cas d'un très-bon augure.

Renversée, cette carte vous engage à modérer vos goûts pour la dépense.

SYNONYMES

Richesse. Somme. Argent. Restitution. Héritage. Position. Épargne.

N° 32

AS DE TRÈFLE

L'as de trèfle venant seul, premier, est une des cartes les plus
heureuses, ce qui veut dire d'un
augure des plus favorables pour
toute affaire d'intérêt. On lit dans le
Grand Etteilla, par Julia Orsini, que
les Égyptiens, auxquels est due
l'invention des tarots, ne consul-
taient plus l'oracle lorsqu'ils avaient

amené cette carte seule première.
' Il faut donc regarder dans une
combinaison, alors qu'on interroge
les cartes à propos d'affaires d'argent,
la présence de cet as de trèfle comme
annulant celles défavorables comme
accompagnement.

SYNONYMES

Donc l'as de trèfle vous présage : Gain.
Profit. Héritage. Réussite. Bonheur. Joie.
Satisfaction. Plaisir. Trésor. Richesse.
Opulence. Capitaux. Félicité. Enchante-
ment.

MANIÈRE

DE TIRER LES CARTES PAR SEPT

—

Prenez un jeu de trente-deux cartes, comptez-les jusqu'à six et mettez
la septième à part, continuez en re-
prenant celles que vous avez mises en
tas par six et recommencez l'opéra-
tion jusqu'à ce que les septièmes,
qui ont été mises à part, soient arri-
vées au nombre de douze.

Ces douze cartes, vous les étendez
sur la table les unes à côté des autres ; et si la personne pour qui
vous opérez n'est pas sortie, alors
vous prenez l'une des dames qui se
trouve sortie, et qui est de la couleur de la personne ; même chose
pour un homme, vous prenez un des
rois, et s'il n'y a ni dame ni roi, alors
vous le prenez en sept, comme un
sept de trèfle ou sept de cœur.

Lorsque toutes vos cartes sont

5

sur la table, alors vous cherchez s'il y a plusieurs rois, ou plusieurs dames, etc.

Trois rois annoncent *réussite*; quatre rois *déménagement* ou *changement de lieu*.

Quatre dames, *grande querelle entre femmes, réussite pour hommes*; trois dames, *indécision*.

Quatre valets, *grand bacchanal*; trois valets *indécision*.

Quatre as, *réussite complète* ou *entrée de quelqu'un*; trois as, *indécision*.

Quatre dix, *réussite*; trois dix, *indécision*.

Quatre neuf, *grande surprise*; trois neuf, *indécision*.

Quatre huit, *réussite complète*; trois huit, *jalousie*.

Quatre sept, *enfants*; trois sept, *querelle*.

Après que vous avez examiné la valeur de l'accouplement de toutes ces cartes; vous procédez de la manière suivante :

Vous commencez par la carte qui représente la personne; et vous dites : 1, 2, 3, 4, 5, 6, 7, dites alors la valeur de cette septième carte, et ensuite vous recomptez à commencer de la huitième, 1, 2, 3, 4, 5, 6, 7, etc., etc., et vous continuez à compter ainsi à plusieurs reprises jusqu'à ce que la septième tombe sur la personne; alors cette manière est terminée.

Pour voir si on réussira dans ce qu'on désire, vous commencez par la carte de la personne, et vous dites as, 7, 8, 9, 10, valet, dame et roi, et vous avez soin de retirer toutes les cartes qui représentent celles que vous avez appelées et vous recommencez ce manége jusqu'à ce qu'il n'en reste plus qu'une. Si elles ne sortent pas toutes, alors la réussite est manquée ou il y a retard.

Cela étant fait, vous prenez vos douze cartes, les mêlez et faites couper; ensuite vous les divisez en quatre paquets, en disant : *pour vous, pour la maison, pour ce qui en sera et pour la surprise.*

Vous défilez alors le reste de vos cartes sur les trois premiers paquets sans rien mettre sur la carte de surprise. Quand vos deux paquets sont couverts, alors vous les expliquez, sans regarder la carte de surprise.

Vous recommencez trois fois ce tirage, en ayant soin à chaque nouveau tirage de mettre une carte sur le tas de la surprise, et chaque fois vous expliquerez les cartes des trois premiers tas, ayant soin de n'expliquer le tas de la surprise qu'au bout du troisième tirage, et alors le tas de surprise doit avoir trois cartes.

MANIÈRE

DE TIRER LES CARTES PAR QUINZE

—

Vous prenez un jeu composé de 32 cartes, vous les battez et après, vous faites couper les cartes à la personne pour qui vous les faites ; après les avoir battues et coupées, vous remettez vos cartes et vous en faites deux tas à peu près égaux ; vous demandez à la personne quel tas elle juge à propos de prendre pour elle ; pour lors vous ôtez la première que vous mettez de côté, qui est la carte de réserve ; puis vous retournez le reste du paquet que la personne a choisi sur la table et vous en faites l'explication selon leur rencontre.

EXEMPLE.

Supposons qu'en tirant les cartes,

après les avoir battues et coupées, et que dans le tas que la personne a choisi, il se trouve quinze cartes, l'as de cœur, le neuf de trèfle, le roi de cœur, le dix de carreau, le neuf de cœur, le huit de cœur, l'as de carreau, le sept de trèfle, le sept de carreau, le sept de cœur et le huit de trèfle, carte de réserve.

Voici la solution des quinze cartes : l'as de cœur étant suivi du neuf de trèfle, du roi de cœur, du dix de carreau, du neuf de cœur, du huit de cœur et de l'as de carreau, ces sept premières cartes signifient grand profit et grande réussite dans les affaires. Valet de carreau, dame de pique, as de trèfle, neuf de carreau, sept de trèfle, sept de carreau, sept de cœur; et la carte de surprise étant le huit de trèfle, ces huit cartes, suivies des sept autres, annoncent surprise d'un militaire, campagne et grand bénéfice, soit pour telle personne que ce soit. Voilà donc la première solution de vos quinze cartes.

Pour lors, vous reprenez vos quinze cartes que vous rebattez, vous en faites trois tas, et vous mettez toujours une carte à part, après avoir fait couper les cartes par la personne ; cela se fait par trois fois. Vous observerez que pour la carte, l'on prend ou la première carte ou la dernière. Vous demanderez à la personne quel tas elle prend pour elle, dans le tas choisi, s'y trouvant le neuf de carreau, le dix de carreau, le roi de cœur, le sept de trèfle et l'as de carreau, c'est un homme qui se propose d'aller à la campagne pour la personne pour qui on les fait, et qui lui fera part d'une bonne nouvelle. Le second tas étant pour la maison, s'y trouvant le sept de carreau, le neuf de trèfle, l'as de trèfle et le valet de carreau *renversé*, signifie homme de bien qui s'intéresse pour la personne, et grande réussite pour ce que la personne se promet.

Le tas pour ce que l'on n'attend pas se trouvant le huit de cœur, le huit de trèfle, le neuf de cœur devant la dame de pique, c'est grand héritage pour la personne à qui on les fait : la carte de surprise étant le huit de cœur, c'est grande espérance.

SECONDE EXPLICATION DES TROIS TAS

La personne, dans le tas qu'elle a choisi pour elle, se trouvant le roi de cœur, le sept de carreau, le neuf de trèfle et le valet de carreau, signifie un grand héritage.

Le second tas, étant le sept de trèfle, l'as de cœur, la dame de pique, le huit de trèfle et le huit de cœur, signifie grand gain, soit héritage ou autre.

Le tas pour ce que l'on n'attend pas étant le neuf de carreau, le dix de carreau, l'as de carreau, le sept et le neuf de cœur, signifie une lettre retenue pour la personne, mais une lettre avantageuse qu'elle recevra au bout de huit jours : la carte à part étant l'as de trèfle, est un présent pour la personne, soit en argent ou autrement.

TROISIÈME EXPLICATION DES TROIS TAS

Le tas choisi par la personne se trouvant le huit de trèfle, le sept de carreau, l'as de cœur, le dix de carreau et le sept de trèfle, signifie gain et proposition de campagne.

Le tas pour la maison se trouvant le valet de carreau, l'as de carreau, le sept et le huit de cœur, cela signifie un militaire qui apporte une nouvelle de profit pour la personne.

Le tas pour ce que l'on n'attend pas étant le neuf de cœur, le neuf de carreau, le roi de cœur *renversé*, l'as de trèfle et la dame de pique, signifie une femme qui est chagrine, un homme qui part en campagne et qui a fait une grande perte. La carte

5.

de surprise étant le neuf de trèfle,
c'est de l'argent pour la personne,
mais inattendu.

———✺———

MANIÈRE

DE TIRER LES CARTES PAR VINGT ET UNE

—

Pour tirer les cartes par vingt-et-
une, il faut battre les trente-deux
cartes, faire couper la personne;
lorsque la personne a coupé, vous
remêlez vos cartes, vous en retirez
onze; vous rebattez les vingt=et=une
et vous faites recouper la personne,
lorsqu'elle a recoupé, vous mettez la
première carte à part, qui est la carte
de surprise, et si, dans les autres
cartes, se trouvent la dame de trèfle,
le huit de carreau, la dame de carreau, le huit de pique, le huit de
trèfle, le dix de pique, le valet de

trèfle, le valet de cœur, le sept de
cœur, le valet de pique, le neuf de
carreau, la dame de cœur, le huit de
cœur, le roi de carreau, sept de carreau, neuf de pique, as de pique,
sept de trèfle, roi de trèfle et le valet
de carreau, ces vingt cartes signifient grand mariage, emprisonne-
ment d'un jeune homme à l'égard
d'une blonde, perte pour un homme
de campagne. La carte de surprise
se trouvant être l'as de carreau, c'est
surprise d'une lettre pour la personne. Voilà la première solution des
vingt-et-une cartes.

Vous reprenez vos cartes, vous les
rebattez par trois fois, en faisant trois
tas.

EXEMPLE.

Si dans le tas que la personne a
choisi pour elle se trouvent le dix de
pique, le sept de trèfle, l'as de carreau, le huit de cœur, le valet de pi-

que et le huit de pique, cela signifie un homme qui tombera malade, et perte d'argent.

Ce tas doit être de six cartes.

Si dans le tas pour la maison se trouvent le roi de trèfle, l'as de pique, le sept de carreau, le valet de trèfle, la dame de carreau, l'as de cœur, et le valet de carreau, c'est un homme qui a proposé le mariage à une demoiselle; mais il y a jalousie, qui est un rival.

Ce tas doit être de sept cartes.

Si dans le tas, pour ce que l'on n'attend pas, se trouvent le dix de carreau, le neuf de pique, la dame de trèfle, le roi de carreau, le neuf de carreau, le sept de cœur et le valet de cœur, c'est séparation d'amitié. La carte de surprise étant le huit de cœur, c'est campagne.

Ce tas doit être de sept cartes, sans y comprendre la carte de surprise.

SECONDE SOLUTION DES TROIS TAS

Après avoir rabattu les cartes, s'il
se trouve dans le tas choisi le huit
de trèfle, l'as de pique, le valet de
cœur, la dame de cœur, et le neuf
de carreau, cela signifie qu'il se fera
un mariage; mais il y aura un empêchement par un jeune homme.

Dans le tas pour la maison, s'il se
trouve le neuf de pique, le sept de
cœur, le roi de trèfle, le dix de carreau, et le roi de ca'reau, cela signifie grande dispute à l'égard d'une
femme blonde, et qu'elle aura beaucoup de chagrin.

Dans le tas pour ce que l'on n'attend pas, s'il se trouve l'as de carreau, le sept de carreau, le huit de
pique, le huit de cœur, l'as de cœur,
le huit de carreau et la dame de trèfle, cela signifie changement de do-
micile et grande réussite. La dame
de carreau étant la carte de surprise,

c'est une femme de laquelle il faut se méfier et qui vous trahit.

Dans le tas que la personne a choisi, s'il se trouve le valet de pique, le huit de cœur, l'as de carreau et l'as de pique cela signifie grand profit, suivi d'une lettre de campagne.

Dans le tas pour la maison, s'il se trouve la dame de carreau, le neuf de pique, le huit de pique, le roi de carreau, le dix de pique, la dame de cœur et le sept de cœur, cela signifie jalousie de femme de la part d'un homme, et une femme en sera malade.

Dans le tas pour ce que l'on n'attend pas, s'il se trouve le huit de carreau, le valet de cœur, sept de carreau, valet de trèfle, l'as de cœur et le huit de trèfle, cela signifie bataille d'hommes pour de l'argent. La carte de surprise étant la dame de pique, c'est profit pour une femme. Voilà la manière de tirer les cartes par vingt et une ; mais il faut observer que le premier tas doit toujours être de six cartes, et les deux autres de sept cartes.

Comme il ne serait pas possible de donner des solutions à chaque changement de cartes, il ne s'agit donc, pour être son seul oracle et celui des autres, que de bien imprimer en soi-même la signification des trente-deux cartes, selon l'explication que j'ai donnée à la page 31 et suivantes, et de bien observer la manière qui est dépeinte pour les tirer par sept, par quinze, et par vingt-et-une ou tout autrement, et l'on pourra, sans se fatiguer l'esprit, être à portée de se procurer cet amusement sans avoir recours à aucun oracle vivant.

Il me reste à vous expliquer la signification des quatre rois, des quatre dames, des quatre valets et des quatre dix.

Lorsqu'il se trouve, en tirant les cartes, dans le jeu de la personne

pour qui on les fait, les quatre as
avec les quatre dix, c'est grand profit, grand gain pour la personne,
soit de loterie, soit d'héritage ; les
quatre rois, grande réussite ; les quatre dames signifient grand caquet contre la personne ; les quatre valets signifient dispute d'hommes et bataille.

Il faut observer, en tirant les cartes
par quinze ou par vingt et une que,
si la majeure partie se trouve en
cartes blanches, c'est grande réussite
pour la personne ; s'il se trouvait les
cinq basses cartes de pique, c'est que
la personne apprendrait du froid de
quelqu'un de ses parents ou de ses
amis ; s'il se trouvait les cinq basses
cartes de trèfle, ce serait gain de procès ou tout autre ; s'il se trouvait les
cinq basses cartes de carreau et de
cœur, ce serait de bonnes nouvelles
de campagne et de personnes de tout
cœur qui s'intéresseraient pour que
la personne pour qui on les fait soit
homme de bien.

Si c'est une jalousie bien fondée il se trouvera, dans les quinze cartes, sept carreaux, et si cette jalousie est mal fondée, il s'y trouvera cinq cœurs avec le sept de trèfle.

Si c'est une entreprise de tel genre qu'elle puisse être, il faut les quatre as et le neuf de cœur pour la réussite ; si le neuf de pique se trouve devant la personne, elle ne réussira pas.

Si c'est pour quelque jeu de hasard, il faut, dans le coup de vingt et une, les huit trèfles, les quatre as, et les quatre rois pour gagner.

Si on veut savoir si un enfant se portera au bien, et s'il conservera son patrimoine, les quatre as forment assurance de bien et une alliance proportionnée à ses sentiments ; si c'est une demoiselle, il faut les quatre huit et le roi de cœur qui nous présage la paix, la concorde dans son ménage.

Pour savoir combien de retard les

personnes auront pour leur mariage, soit par années, soit par mois, soit par semaines; si c'est par années, le roi de pique se trouvera avec la dame de cœur, l'as de pique et le huit dé carreau; chaque autre huit sera autant d'années de retard; chaque neuf sera autant de mois; chaque sept sera autant de semaines.

Pour savoir si un homme parviendra dans l'art militaire, les quatre rois doivent se trouver avec les quatre dix; et si par hasard les quatre as s'y trouvaient, alors il doit parvenir au plus haut grade, selon sa capacité.

Pour un changement de bien ou un changement de place, de tel état que soit la personne, maître, maîtresse ou domestique; si c'est un maître ou maîtresse, il faut quatre valets, le dix et le huit de carreau, le dix de trèfle, pour la réussite de ses affaires; s'il s'y trouve le neuf de carreau, c'est un retard. Si c'est un domestique, il faut le dix et le sept de carreau, le huit de pique et les quatre dames, pour la réussite de ses affaires.

MANIÈRE

DE VOIR UNE RÉUSSITE

Vous prenez le jeu en entier, battez et faites couper; vous faites huit paquets en mettant chaque carte l'une sur l'autre. Quand vos huit tas sont faits, vous relevez la première carte de chacun des tas, et quand vous trouvez deux cartes pareilles, vous les ôtez et relevez celle qui suit, et ainsi jusqu'à la fin; si toutes les cartes sortent, c'est *réussite*; autrement cela désigne contrariété.

EXPLICATION

De la valeur de chaque carte, tant seule que suivant sa position à côté des autres, d'après un moderne cartomancien.

—

LES HUIT CARREAUX

Roi. — Militaire; *à l'inverse*, homme de campagne.

Dame. — Femme traîtresse; *à l'inverse*, femme de campagne.

Valet. — Traître; *à l'inverse*, domestique.

As. — Grande nouvelle; *à l'inverse*, lettre, billet.

Dix. — Campagne sûre; *à l'inverse*, retard. — *Nota*. Si cette carte est à côté du sept de pique, c'est retard assuré : si elle est à côté du huit de cœur, c'est voyage sûr; si elle est à côté du huit de trèfle, c'est voyage d'amour.

Neuf. — Route, voyage; *à l'inverse*, retard. — *Nota*. Si cette carte est

à côté du sept de pique, c'est retard assuré; si elle est à côté du
huit de cœur, c'est voyage sûr; si
elle est à côté du huit de trèfle,
c'est voyage d'amour.

HUIT. — Démarche; *à l'inverse*, de
même. — *Nota*. Si cette carte est
accompagnée du huit de cœur,
c'est grandes démarches; si elle
est accompagnée du huit de pique,
c'est maladie; si elle est à côté du
huit de trèfle, c'est grand amour;
si elle est à côté du huit de cœur,
c'est démarche de tout cœur.

SEPT. — Querelle; *à l'inverse*, caquets. — *Nota*. Si cette carte est à
côté de la dame de carreau, c'est
grande querelle; si elle est à côté
de la dame de trèfle, c'est incerti-
tude; si elle est côté de la dame de
cœur, c'est bonne nouvelle.

LES HUIT CŒURS

ROI. — Homme d'affaires blond; *à*

l'inverse, homme de tout cœur.

DAME. — Bonne femme blonde; *à l'inverse*, bonne femme.

VALET. — Jeune homme blond; *à l'inverse*, pensées de l'homme blond.

AS. — Maison de bon cœur; *à l'inverse*, maison de faux cœur.

DIX. — Repas de tout cœur; *à l'inverse*, repas de faux cœur.

NEUF. — Victoire ou présent; *à l'inverse*, grande victoire.

HUIT. — Fille blonde; *à l'inverse*, grande joie.

SEPT. — Enfant blond; *à l'inverse*, enfant.

LES HUIT PIQUES

ROI. — Homme de robe; *à l'inverse*, homme méchant.

DAME. — Femme veuve; *à l'inverse*, femme méchante.

VALET. — Traître; *à l'inverse*, maladie.

AS. — Procès, grossesse; *à l'inverse*, lettre, bagatelle.

DIX. — Ennui; *à l'inverse*, pleurs.

Neuf. — Mort; *à l'inverse*, prison.

Huit. — Chagrin violent; *à l'inverse*, inquiétude.

Sept. — Fille brune; *à l'inverse*, caquets.

LES HUIT TRÈFLES

Roi. — Homme brun, fidélité; *à l'inverse*, maladies d'hommes.

Dame. — Femme d'amour; *à l'inverse*, femme jalouse.

Valet. — Homme fidèle; *à l'inverse*, indécision.

As. — Argent; *à l'inverse*, amour.

Dix. — Fortune; *à l'inverse*, amour.

Neuf. — Argent; *à l'inverse*, roue de fortune.

Huit. — Déclaration d'amour; *à l'inverse*, jalousie.

Sept. — Enfant brun; *à l'inverse*, bâtard.

———

L'as de trèfle précédé du dix de trèfle veut dire *grand argent*; si le huit de trèfle suit immédiatement après et se trouve accompagné d'un roi, quel qu'il soit, ou d'une dame, cela veut dire *déclaration d'amour*.

Neuf de carreau, as et dix de carreau signifient *grande nouvelle de campagne*; et si ces trois cartes sont accompagnés d'une figure quelconque, c'est un *voyage sûr* pour la personne représentée par la carte.

Huit et sept de carreau, accompagnés d'une dame ou d'une figure, c'est *caquets* de la part de la personne représentée par la carte.

Roi, dame, valet et as, n'importe de quelle couleur, pourvu que ces cartes soient toutes de même sorte, signifient *mariage sûr*; si la dame de pique se trouve avec ces dites cartes, ou le valet de carreau, cela signifie *empêchement au mariage*, ou *grande trahison*; si au contraire le huit de cœur suit avec le huit de trèfle, *grande réussite*; si le huit de pique s'y trouve, cela signifie *peine, chagrin et désagréments*.

TABLE DES QUESTIONS

1. Cette question a plusieurs sens, qui, comme toutes les autres, amène des réponses véridiques au point de jeter dans l'admiration.

6

—Ma principale vertu est-elle d'être prudent?

— Quelle sera l'issue d'un mariage ou d'une union?

— Aurai-je la force majeure dans ce qui m'occupe?

— Quelle sera ma santé, ou l'issue d'une maladie?

— Mon *jugement* sur les autres, et celui des autres sur moi?

— Parlez-moi de la mort, *ou* du néant?

— Prévenez-moi des traîtres?

— Subirai-je la prison *ou* une extrême misère?

— Deviendrai-je puissamment riche, *ou* augmenterai-je?

— Aurai-je des dissensions?

— Quelle sorte d'homme m'intéressera le plus?

— Quelle sorte de femme m'intéressera le plus?

— Y a-t-il un départ?

— Les étrangers me seront-ils propres?

— Me trahit-on, et dois-je me défier ?

— Les retards sont-ils à leur fin ?

— Irai-je à la campagne ?

— Dois-je aller parler ?

— Parlez-moi de l'ordre dans mon domestique ?

— Vais-je toucher de l'or ?

— Ma société est-elle honnête ?

— Dois-je entreprendre ?

— J'ai bien des chagrins, que dois-je faire ?

— Va-t-il naître quelque chose ?

— Désignez-moi mon vrai ami ?

— Désignez-moi ma véritable amie.

— Arrivera-t-il sans retard ?

— Qui sera lié à ma vie, garçon ou veuf ?

— La ville, la province ou l'étranger, lequel m'est le plus favorable ?

— Remporterai-je la victoire ?

— Laquelle sera liée à ma vie, fille ou veuve ?

— Sur quoi dois-je arrêter ma pensée ?

— Le passé fait-il loi sur mon avenir ?

— Puis-je espérer quelque héritage?

— Mon ennui naît-il du moral ou du physique ?

— Dois-je espérer de réussir ?

— Mon amour est-il bien fondé ?

— L'abondance sera-t-elle dans la maison ?

— Mes juges seront-ils pénétrés du fond et de la forme de ma cause ?

— Serai-je-veuve, *ou* veuf ?

— Quel état, science, commerce, robe, épée, convient à mon génie ?

— Épie-t-on ma conduite, mes démarches ?

— Mes larmes sont-elles folles ou légitimes ?

— Que dois-je penser du célibat qui me flatte : le résultat ?

— Dois-je appréhender de fâcheuses maladies, *ou* y a-t-il un mal que j'ignore ?

— Dois-je me livrer à mes avis ?

— Est-il quelque chose en route ?

— Retrouverai-je ma perte ?

— Quel chemin pour rentrer dans le monde ?

— Suis-je éloigné du port ?

— L'amitié que l'on me témoigne est-elle véritable ?

— Le résultat d'une forte passion ?

— Dois-je compter sur un homme ?

— Dois-je compter sur une femme ?

— Est-il vrai que l'on veut m'être utile ?

— Dois-je écouter un homme ?

— Soutiendrai-je ma maison ?

— Aurai-je des effets, *ou* retirerai-je des effets ?

— Dois-je croire à l'extérieur d'une femme ?

— Va-t-il me rentrer de l'argent ?

— Comment dois-je passer le présent ?

— Dois-je m'attacher à une personne ?

— Recevrai-je un présent ?

— Agira-t-on noblement ?

— Sortirai-je de mes embarras ?

— Aurai-je parfait contentement ?

— Quelle sera ma plus grande folie ?

Seconde série des questions.

— Dois-je avoir recours à un homme bon, mais sévère ?

— Dois-je prendre à charge une personne ?

— Dois-je briser avec qui je pense ?

— La nouvelle que j'ai apprise est-elle véritable ou fausse ?

— Comment lever les obstacles qu'on oppose à ma réussite ?

— Je suis bien traversé ?

— La diversité de mon caractère, mes disputes avec moi-même, dépendent-elles du moral ou du physique ?

— L'indécision de quelqu'un durera-t-elle encore longtemps ?

— Quelle terminaison sera de l'attente que j'ai ?

— Aurai-je un procès, *ou* quelle sera l'issue d'un procès ?

— Fleurirai-je ?

— Mes peines vont-elles courir à leur fin ?

— Quelle sera ma première surprise ?

— Ne dois-je pas me défier de la première victoire que j'ai ?

— Dois-je rompre avec quelqu'un qui ne me donne que des espérances ?

— Je voudrais briser avec une femme, mais je crains sa médisance, cela m'inquiète ?

— Je crois que je suis trompé ?

— Ce dont je me flatte m'est-il propre ?

— Un sujet de colère est-il fondé ?

— Me parle-t-on vrai ?

— Aurai-je de l'agrément dans une fête où je me propose d'aller ?

— Ferai-je bien de m'attacher au projet qui m'occupe ?

— Quel sera mon avenir, *ou* mon avenir sera-t-il heureux ?

— Que pensent des parents ?

— Aurai-je quelques nouvelles connaissances utiles ?

— Aurai-je une prompte expédition?

— Ce que je désire aura-t-il lieu.

— Y aura-t-il un changement?

— Que pense un homme qui a de la haine contre moi?

— Une méchante femme me surmontera-t-elle?

— Comment punir un ignorant?

— Qui peut m'arriver d'imprévu?

— Un événement fâcheux reviendra-t-il à mon avantage?

— Dois-je avoir juste défiance?

— Quel sera le résultat d'un incident?

— Mes espérances sont-elles fondées? — *Sur quoi?*

— Me déclarera-t-on de l'amour, et y répondrai-je?

— Y aura-t-il bientôt un deuil? — *De qui?*

— Dois-je économiser, ou si la fortune suivra mes dépenses?

— Que sont devenus des effets; sont-ils pris ou égarés?

— Ai-je de faux amis, ou ai-je des amis inutiles.

— Y a-t-il grossesse ?

— Que dois-je penser d'un homme qui est vraiment sans mœurs ?

— La route que j'ai prise me paraît peu sûre ; y en-a-t-il une autre ?

— Comment sortir de l'inaction où je suis ?

— Je voudrais m'arrêter au milieu de ma prodigalité ?

— Gagnerai-je à la loterie ?

— Suis-je dupe de ma confiance.

— Dois-je décidement me confier plus que je ne l'ai fait ?

— Je suis bien inquiète ?

— L'ambition me protégera-t-elle ou me renversera-t-elle ?

— Quel chemin dans le trouble de mes affaires ?

— Sortirai-je bientôt des mains des procureurs ?

— Aurai-je des enfants, *ou* un enfant?

— Prospérera-t-il ?

6.

— Dois-je écrire ? recevrai-je des lettres ?

— J'attends beaucoup d'argent, l'aurai-je ?

Voici d'autres questions prises du GRAND ETTEILLA, *qui, comme nous l'avons souvent répété, n'est qu'une copie du livre de* Thot.

— Le sentiment le plus général sur moi ?

— Ai-je de vrais amis ?

— Aurai-je bonne issue de mon procès ?

— Réussirai-je dans mon projet ?

— En amour, serai-je heureux ?

— Ferai-je fortune ?

— M'est-on et me sera-t-on fidèle ?

— Serai-je heureux au jeu ?

— Pourquoi ai-je des ennemis ?

— Mes chagrins finiront-ils bientôt ?

— Quelle est ma passion ?

— Ai-je des vertus ?

— Augmenterai-je cette année ?

— Ma fortune changera-t-elle ?

— Gagnerai-je à la loterie ?

— Rentrerai-je en grâce ?

— Aurai-je de bonnes nouvelles ?

— Pour qui le veuvage ?

— Suis-je aimée ?

— Irai-je à la campagne ?

— Que sont devenus des papiers ?

— Aurai-je bientôt de l'argent ?

— Mon mariage sera-t-il heureux ?

— Suis-je fille, femme ou veuve ?

— Est-ce de l'esprit que j'ai, ou de la science ?

— Je suis pétrifié de soucis ?

— Aurai-je les faveurs d'une jolie femme ?

— Aurai-je garçon ou fille ?

— Une de mes pensées aura-t-elle lieu ?

— Renouerai-je ?

— Ma vie sera-t-elle heureuse ?

— Suivrai-je l'état de mes proches.

— Voyagerai-je ? sur terre *ou* sur eau ?

— Ferai-je des rivaux?

— Quels seront mes vertus et mes défauts ?

— Serai-je marié jeune?

— Qui occasionnera ma plus grande fortune ?

— Serai-je de robe, d'épée, ou de commerce?

— Suis-je et serai-je remarqué dans la société?

— Jouirai-je d'une bonne santé ?

— Aurai-je beaucoup de maîtresses, *ou* d'adorateurs?

— Serai-je sujet à l'amour, ou à quelque passion vive?

— Serai-je dur ou sensible envers les autres?

— Quelle route dois-je tenir pour devenir un homme distingué?

— De qui tiendra l'amitié générale de mes proches, et celle de mes supérieurs ?

— Serai-je favorisé de ce qu'on nomme *hasard*?

— Comment puis-je éloigner ma maladie?

—Quel mari épouserai-je, *ou* quelle femme?

— Courrai-je des périls dans ma vie?

— Aurai-je plusieurs femmes ou plusieurs maris?

— Ai-je perdu ou m'a-t-on pris ce dont je suis inquiet?

— Ma femme me sera-t-elle fidèle? Mon mari? *idem.*

— Serai-je obligé de faillir?

— Dois-je suivre mon penchant pour faire une bonne action?

— Pourquoi ne m'écrit-on pas?

— Serai-je attaché à la cour?

— Serai-je instruit de ce qu'est devenu un absent?

— Dois-je craindre ou être rassuré?

— Que m'arrivera-t-il de plus remarquable?

— De quelle maladie mourrai-je?

— Dois-je me livrer à mon attachement?

— Dois-je plaider?

— Comment se terminera ce qui m'occupe le plus?

— Rien ne me réussit; pourquoi?

— Hériterai-je bientôt?

— Il est de mon intérêt de trahir : que dois-je faire?

— Quand mon sort trop critique finira-t-il?

— Vaincrai-je mes envieux et ennemis?

— Dois-je compter sur quelqu'un qui me fait espérer?

— Un objet délicat ou critique m'occupe; que dois-je faire?

— Serai-je satisfait de ma curiosité?

— Réussirai-je en hautes sciences?

FIN

LIVRES NOUVEAUX
ET ANCIENS

—◆—

Les Secrets merveilleux de la magie naturelle du **Petit Albert**, tirés de l'ouvrage latin intitulé *Alberti parvi lucii* libellus de mirabilibus naturæ arcanis, et d'autres écrivains philosophes, enrichis de figures mystérieuses, d'astrologie, physionomie, etc., etc. Nouvelle édition corrigée et augmentée. 5 »

Le Magicien des salons, ou le Diable couleur de rose, recueil nouveau d'escamotage, de physique amusante, de chimie récréative, de tours de cartes, mis en ordre par *Richard*. Nouvelle édition illustrée de 200 figures. 3 50

La Prescience, ou Grande Interprétation des *songes, des rêves et des visions ;* traité curieux, extrait de tous les ouvrages des anciens et des modernes qui se sont adonnés à l'étude de la philosophie et à l'application des sciences occultes. Un volume in-12, nombreuses figures.   5   »

La Science curieuse, ou Traité de Chiromancie. Un volume in-4, avec plus de 1,200 figures (très-rare). Les prix, suivant la condition de l'exemplaire, tant pour la reliure que pour la bonne condition du volume.

Les Prophéties de Michel Nostradamus, dont il y en a trois cents qui n'ont encore jamais été imprimées, ajoutées de nouveau par ledit auteur. Un magnifique volume.   5   »

L'Albert moderne, ou Nouveaux Secrets éprouvés et licites, recueillis d'après les découvertes les plus récentes; les uns ayant pour objet de remédier à un grand nombre d'accidents qui intéressent la santé; les autres, quantité de choses utiles à savoir pour les différents besoins de la vie, etc., etc. Trois parties en un volume, reliure du temps (1772).   5   »

De la Démonomanie des sorciers, par Jean Bodin. — Cet ouvrage, qui traite longuement des sorciers, des démons, etc., paraît rempli de choses inadmissibles et tendrait à faire dire que la déraison était bien un peu logée chez les démonographes, les démonologues autant que chez les démonomanes.

Quoi qu'il en soit, le livre de J. Bodin a eu beaucoup d'éditions, et il a sa place dans toutes les belles bibliothèques.

Agrippa. *La Philosophie occulte de Henr. Corn. Agrippa,* conseiller et historiographe de l'empereur Charles V, divisée en trois livres et traduite du latin. La Haye, 1727. 2 volumes in-8, avec beaucoup de figures dans le texte.

L'ouvrage ci-dessus est l'un des plus recherchés de tous les livres de sciences occultes. Le prix change suivant la condition des volumes et principalement de la reliure; il y a des exemplaires qui valent de 80 à 150 fr. lorsqu'ils sont ornés des armes de grands personnages, ou s'ils ont figuré dans la bibliothèque d'un bibliophile émérite.

Le Trésor du Vieillard des Py-ramides, véritable science des talis-mans, pour conjurer les esprits de toute nature, etc., etc. Un volume imprimé vers 1800, in-18, nombreuses figures, dont quelques - unes en couleur, 9 à 10 francs, suivant la condition ; il y en a quelques-uns en reliure de luxe, mais d'un prix relativement élevé.

Manuel complet du Démono-mane, ou les Ruses de l'enfer dévoi-lées, triple vocabulaire infernal. Très-gros volume avec un grand nombre de figures.   5   »

Ce livre, très-curieux, est considéré à juste titre comme l'antidote de la Dé-monomanie ; il n'en reste plus que quelques exemplaires.

Enchiridion Leonis Papæ, mis en français et dédié aux sages cabalistes, édition corrigée et imprimée sur celle de 1740 ; figures en couleur. Volume de-venu très-rare.   10   »

La Magie rouge, crême des scien-

ces occultes, naturelles et divinatoires.
1 volume in-18, imprimé sur papier
rose.   3   »

Éléments de Chiromancie, art
d'expliquer l'avenir et le caractère de
l'homme et de la femme, par les signes
de la main. 1 volume.   3   »

**Les Mille et un Amusements de
Société,** recueil de tours d'adresse ou
d'escamotage, de subtilités ingénieuses,
de récréations mathématiques, d'expé-
riences tirées de la physique, de tours
de cartes, etc., etc., ouvrage orné de
130 gravures pour l'intelligence du texte,
dédié aux personnes qui veulent s'amu-
ser et divertir les autres à peu de frais.
Gros volume.   2   »

**Les Mille et un Tours de physi-
que amusante** et de magie blanche.
Nouvelle édition revue, corrigée, illustrée par un grand nombre de gravures
et publiée par Blismon.   2   »

La Véritable Cartomancie expli-
quée par la célèbre sibylle française.

Nouvelle édition, ornée de 1,750 figures. 6 »

Le Grand jeu de l'Oracle des dames, 78 cartes-tarots, imprimées en chromo-lithographie, à l'imitation des miniatures du xv⁵ siècle, renfermées dans un étui illustré et accompagnées du livret explicatif, par mademoiselle Lemarchand. 10 »

La Philosophie des images énigmatiques, où il est traité des énigmes, hiéroglyphes, oracles, prophéties, sorts, divinations, loteries, talismans, songes, centuries de Nostradamus, de la Baguette, par le *P. Cl. François Menestrier.* Lyon, Jacques Guerrier, 1694.

Volume rempli d'intérêt; c'est un travail fort consciencieux et qui n'a pas peu contribuer à la réputation de l'auteur comme écrivain. Le P. Ménétrier a fait plusieurs traités du Blason, qui tous ont une place fort honorable dans les bibliothèques des savants.

Le Monde enchanté, ou Examen des communs sentiments touchant les esprits, leur nature, leur pouvoir, leur administration et leurs opérations, etc., par Balthasar Bekker, docteur en théologie et pasteur à Amsterdam. 1694. 4 volumes ensemble d'environ 2,000 pages.

Cet ouvrage, assez rare, traite de tout ce qui a rapport à la magie, aux démons, sorciers, diables, songes, enchantements, sortiléges, divinations, enfin de toutes les sciences occultes.

Lettres de M. de Saint-André, conseiller-médecin ordinaire du roy, à quelques-uns de ses amis, au sujet **de la magie,** des maléfices et des sorciers, où il rend raison des effets les plus surprenants qu'on attribue ordinairement aux démons; et fait voir que ces intelligences n'y ont souvent aucune part, et que tout ce qu'on leur impute, qui ne se trouve ni dans l'Ancien ni dans le Nouveau Testament, ni autorisé par l'Église, est naturel ou supposé. Paris, 1723, avec approbation et privilége du Roy.

Les Véritables Clavicules de Salomon, trésor des sciences occultes, suivies d'un grand nombre de secrets, et notamment de la grande cabale dite du Papillon vert, plus la grande roue des planètes.

Ouvrage rare, dont on ne trouve plus que des exemplaires en reliures d'amateur.

Les Oracles divertissants, où l'on trouve la décision des Questions les plus curieuses, pour se réjouir dans les Compagnies. Avec un Traité très-récréatif des Couleurs ou Armoiries, aux Livrées et aux Faveurs; et la signification des Plantes, Fleurs et Fruits. Le tout accommodé à la diction française par M. V. D. L. C. 1 vol. petit in-12.

Nouveaux remèdes et rares secrets tirés des Mémoires de M. le chevalier Digby, chancelier de la royne d'Angleterre, avec son discours touchant la guérison des playes par la poudre de sympathie. Bruxelles, 1683, avec privilége du Roy.

Académie des jeux, contenant la règle des jeux de calcul et de hasard et généralement tous les jeux connus anciens et nouveaux, jeux de famille, des cercles, des eaux, etc., mis en ordre par Bonneveine, préface par J. Rostaing, iilustrations par Télory. 1 beau volume, format anglais, papier glacé, impression de luxe. 3 50

Manuel du jeu de billard, contenant la théorie du billard, ses règles, ses principes généraux, leurs applications diverses, etc., par Désiré Lemaire. 42 planches en couleur. 5 »

FIN

Sceaux. — Impr. M. et P.-E. Charaire.